Ralf Neubohn (Herausgeber)

Carmen Neubohn

Weihnachten und Silvester mit Flammenfeder

AF130020

Bibliografische Information der Deutschen Nationalbibliothek
Die Deutsche Nationalbibliothek verzeichnet diese Publikation
in der Deutschen Nationalbibliografie;
detaillierte bibliografische Daten sind im Internet
über www.dnb.de abrufbar.

Herstellung und Verlag: BoD – Books on Demand, Norderstedt

ISBN: 978-3-7504-3610-7

Inhalt

Vorwort

Ich habe viele Abenteuer mit Terry, Ludwig und Berta erlebt. Eines aufregender als das andere. So, dass es mir stets sehr schwerfällt, welche der vielen gemeinsamen Erlebnisse ich für meine Bücher auswählen soll. Denn jedes meiner Bücher in denen ich von ihnen allen berichte, ist nur eine kleine Auswahl aus einem Leben voller literarischer Abenteuer.
Hoffentlich haben Sie an den heutigen Berichten aus dem Autorenleben so viel Freude wie wir!

Viel Spaß beim Lesen wünschen wir Ihnen!

Ihr Ralf Neubohn & Co

Die ganz besondere Silvesterparty

Lange Jahre pflegte der Urgroßvater vom Weihnachtsmann die Silvesterfeier der Autorengruppe „Flammenfeder" zu besuchen.

Dabei gab er sich als Ralf Neubohn aus, dem er sehr ähnlich sah. Berta Babbelbergle, Ludwig P. Lesi-Les, Terry und die zauberhaften Altbohns wunderten sich nur über „Neubohns" großen Hunger. Nichts vom Büffet verschmähte er: Putenbrust, Lachs, Kaviar schaufelte er förmlich in sich rein.

Bei der Weihnachtsfeier der Autorengruppe machte es der Osterhase nach. Mit einem langen, weißen Bart versehen hoppelte er zur Party. Optisch bemerkte niemand, dass es sich nicht um Neubohn handelte. Alle wunderten sich aber, dass er plötzlich nur noch über veganes Kochen und Rohkost sprach und statt Putenbrust und Meeresfrüchten ausschließlich Mohrrüben mümmelte.

Merke: Nicht jeder seltsame Partygast ist Ralf Neubohn, mag er noch so exzentrisch sein.

Neujahresvorsätze

Angeblich wohnte die Autorin Berta Babbelbergle in einer Wohnung. Angeblich…

Niemand hatte diese Wohnung je gesehen. Denn Berta saß von morgens 8.00 Uhr bis Abends 20.00 Uhr in ihrem Stammcafé und aß mit den Leuten die sie dort besuchten Kuchen und süße Stückle. Der Briefträger, ihre Verleger, Freunde, Verwandten, Kollegen tauchten dort bei ihr auf, gaben sich sozusagen die Klinke in die Hand. Falls jemand Berta dringend erreichen musste, stand auf ihrem Stammtisch ausschließlich für sie ein Telefon, welches unter ihrem Namen angemeldet war.

Als sie an Silvester mit Terry, Ludwig P. Lesi-Les dort mit Kuchen und Sekt feierte, bemerkte sie im Gespräch, dass auch dieses Jahr alle mehr Bücher geschrieben hatten, als sie selber. Woran konnte das liegen? Sollte sie vielleicht weniger Essen und weniger mit den Leuten babbeln und dafür mehr schreiben? Sie nahm es sich fürs neue Jahr fest vor.

Am 1. Januar saß sie wieder dort von 8.00 Uhr bis 20.00 Uhr, aß Kuchen und babbelte pausenlos.

Oh, welch energischer Versuch sich zu bessern!

Weihnachtsmelodien

Der Weihnachtsmann flog mit seinem Schlitten flott durch den Himmel. Für die imposante Geschwindigkeit sorgten 12 flinke Rentiere. Mit 12 RS konnten selbst große Strecken rasant zurückgelegt werden.

Fröhlich läuteten die Glöckchen der Rentiere, übertönten sogar das laute „Ho, Ho, Ho!" des Weihnachtsmannes deutlich.

Das Geschenkeverteilen verging wörtlich im Fluge und der Weihnachtsmann kam früh nach Hause. Die Rentiere bekamen ein veganes Büffet, während Herr und Frau Weihnachtsmann Gänsebraten aßen. Da sagte der Weihnachtsmann: „Deine CD mit Weihnachtsmusik ist sehr merkwürdig. Sie besteht nur aus Glockenläuten."

Seine Frau entgegnete: „Dir schallen noch die Glocken der Rentiere nach. Das solltest Du eigentlich noch von den letzten Jahren wissen. Es wird eine Weile dauern, bis Deine Ohren wieder davon frei sind."

„Ach", antwortete er, „das hatte ich völlig vergessen. Aber jetzt weiß ich, warum ich laufend das Gefühl habe, dass jemand an der Tür läutet."

Seine schwerhörige Frau bemerkte davon nichts, während draußen Ludwig P. Lesi-Les halb erfroren Sturm läutete. Der Arme!

Weihnachtsgeschenke

Terry feierte mit den zauberhaften Altbohns Weihnachten. Nach einem gemütlichen Beisammensein kam die Zeit der Bescherung.

Oh, war das eine Bescherung! Terry schrie empört auf: „Igitt! Bücher von Berta Babbelbergle und Ludwig P. Lesi-Les! Was soll ich damit? Die sind doch völlig unnütz!"

Doch die zauberhaften Altbohns meinten: „Das siehst Du falsch. Diese Bücher sind das ideale Geschenk."

„Was? Dieses langweilige Zeug?", fragte Terry erregt und bekam zur Antwort: „Sie sind praktisch! Als Türstopper, zum Fliegenklatschen oder wenn der Tisch mal wackelt. Mit diesen Büchern lässt sich viel Sinnvolles machen."

Zum Glück hörten Berta und Ludwig das nicht. Ich habe das Gefühl, sie wären seltsamerweise etwas enttäuscht gewesen.

Rudolf

Der Weihnachtsmann ging zusammen mit seiner Frau vielen Hobbys nach. Sie züchteten Polarfüchse, Eisbären und Rentiere.

Das bekannteste Rentier aus seiner Zucht hieß Rudolf. Seit der Feier zu seinem 18. Geburtstag, besaß Rudolf eine rote Nase. Er hatte wohl zu sehr über die Stränge geschlagen.

Dieses Rentier half dem Weihnachtsmann und seiner Frau viel bei deren künstlerischen Arbeiten. Der Weihnachtsmann formte sehr gern Eiszapfen und Skulpturen aus Eis.

Die Weihnachtsfrau hingegen malte Eisblumen auf Fensterscheiben.

Inzwischen ist auch ein sehr großes Geheimnis bekannt geworden: Alle drei sind auch literarisch tätig! Zusammen mit Ralf Neubohn haben sie viele Bücher geschrieben. Unter diesen sind „Neubohns Krimihäppchen", „Galaabend für die Gartenschau" und „Auf der Suche nach dem verlorenen Osterei."

In der Freizeit lesen sie gern Fortbildungslektüre. Auch Weihnachts-profis lernen nie aus. Ihr Lieblingsbuch ist „Weihnachten mit dem literarischen Kleeblatt".

Von Juni bis September halten sie Sommerschlaf. Außer Weihnachten lieben die drei vor allem Silvester. In dieser Nacht fliegen sie mit dem Schlitten durch den Himmel und werfen um Mitternacht glitzernden Sternenstaub in die Luft, welchen die Menschen irrtümlich für Funkenregen von Raketen halten.

Heimgekehrt sagen alle drei: „Silvester ist sehr schön, aber am besten ist doch immer noch Weihnachten."

Als dies zufällig mal der Osterhase hörte, sagte er unparteiisch und völlig neutral: „Pah, Weihnachten! Das schönste Fest ist natürlich Ostern! Was sonst?"

Omen

Berta Babelbergle feierte in Berlin Silvester. Die riesige Party mit guter Stimmung und noch besserer Musik beeindruckte sie sehr. In gehobener Stimmung lief sie in Richtung Hotel. Eindeutig ein guter Start ins neue Jahr.

Berta glaubte fest an Omen. Sicherlich würde auf dem Weg ins Hotel ein weiteres Omen auf sie warten.

Ein Zeichen, womit sie im neuen Jahr zu rechnen hatte. Frohgemut schaute sie sich um und sah…

Ein Beerdigungsinstitut. Oh, weh!

Die Verfolgung

Während der Weihnachtsmann durch die Lüfte flog, beschlich ihn ein ungutes Gefühl. Er musste immer wieder daran denken, wie einst Berta Babbelbergle den Osterhasen verfolgte, um dessen Wohnung zu finden.

Aber ihn, den Weihnachtsmann konnte sie ja wohl nicht durch den Himmel verfolgen. Sie ritt schließlich nicht wie eine Hexe auf dem Besen. Dennoch wuchs das Gefühl verfolgt zu werden immer mehr an.

Schließlich schaltete er den Radar an und sah den Beweis: Ein Ufo verfolgte ihn. Was konnten die bloß von ihm wollen? Wie ließ sich das Ufo bloß abschütteln?

Sieben Tage lang fand die Verfolgungsjagd am Himmel statt, doch die Verfolger ließen sich nicht abschütteln. Die Rentiere begannen zu ermüden, eine Notlandung wurde immer wahrscheinlicher. Da funkte und knallte es plötzlich um sie herum. Lichter in allen Farben leuchteten auf. Beschoss ihn das Ufo?

Nein, Silvesterraketen explodierten am Himmel. Das Ufo fühlte sich angegriffen und floh panisch, während der Weihnachtsmann bei einer vegetarischen Imbissstube landete und dadurch die Rentiere wieder zu Kräften brachte.

„Na, der Osterhase hatte es damals leichter", dachte er.

Wichtelmännchen

Wie aus dem Buch: „Auf der Suche nach dem verlorenen Osterei" bekannt ist, unterstützen viele Tiere den Osterhasen beim Eier bemalen und transportieren.

Dem Weihnachtsmann helfen bekanntlich Wichtelmännchen beim Verpacken der Geschenke. Aber sie erfüllen auch noch andere wichtige Aufgaben. Unterm Jahr schleichen sie durch Schlüssellöcher in Kinderzimmer und lauschen, was diese denn gern zu Weihnachten hätten.

Von Kindern die Wunschzettel schreiben, nehmen sie diese Listen mit, welche zum Teil extrem lang sind. Manche Kinder schreiben sogar Klopapierrollen von Anfang bis Ende mit Wünschen voll!

An Weihnachten nehmen sie dem Weihnachtsmann viel Arbeit ab, in dem sie zu den Kindern Geschenke bringen, welche nur Kleinigkeiten wollen.

Doch wie ebenfalls aus dem sensationellen Enthüllungsbuch „Auf der Suche nach dem verlorenen Osterei" bekannt ist, haben die Wichtelmännchen noch eine andere Arbeit.

An Silvester verstecken sie sich in den Raketen. Nachdem Start kommen sie aus den Verstecken und reiten wie bei einem Rodeo auf den Raketen. Dadurch entstehen bei Silvester relativ wenig Unfälle, da die Wichtelmännchen die Raketen steil in den Himmel lenken. Kurz vor der Explosion springen sie mit kleinen Fallschirmchen ab.

Ein guter Entschluss?

Berta Babbelbergle und Ludwig P. Lesi-Les feierten mit ihrem bekannten Autorenkollegen Lothar in dessen Garten Silvester. Ein schönes Lagerfeuer gab ihnen Licht und Wärme.

Lothar hielt das Feuer in Gang, in dem er immer wieder Holz und Papier nachwarf.

Berta und Ludwig erzählten von ihren literarischen Plänen im nächsten Jahr. Nur Lothar sagte nichts dazu.

Die beiden begannen zu überlegen, mit was für einen herrlichen Werk er wohl die Welt überraschen würde. Von allen Autoren die sie kannten, schrieb Lothar am allerbesten. Schließlich hielt Berta die Neugier nicht länger aus und sie fragte: „Lothar! Du hast noch gar nicht erzählt, was für ein Buch von Dir nächstes Jahr erscheint!"

Lothar lächelte gequält. „Gar keins. Es wird trotz meiner vielen Erfolge auch kein Buch mehr von mir erscheinen."

Berta konnte es nicht fassen: „Aber warum? Du bist doch sehr erfolgreich! Deine Bücher verkaufen sich rasend."

„Ja, aber von Bekannten und Verwandten bekomme ich fast nie Feedback. Ich schreibe nur ins Blaue hinein. Viele Leute, die ich nicht kenne, kaufen meine Bücher, aber nie erfahre ich außer von Autorenkollegen, wie es den Lesern gefällt. Und darum höre ich wie so mancher andere Autor auf zu schreiben. Es macht keinen Spaß in die leere Wüste zu schreiben. Ins Nichts, hinein, aus dem keinen Widerhall gibt. Davon abgesehen, kann man ja außer mit Euch mit niemand anderem über sein Autorentum und seine Bücher reden. Alle Leute reden nur über ihre eigenen Jobs und Hobbys und das muss man sich stundenlang anhören. Aber nie redet mal jemand mit mir über meinen Job und mein Hobby. Es interessiert niemanden und niemand tut wenigstens so, als ob es ihn interessieren würde. Und darum verbrenne ich heute am letzten Tag des Jahres meine aktuellen Manuskripte und gehe ohne die Last des Autorentums ins neue Jahr."

Mit diesen Worten warf er die restlichen Manuskriptseiten ins Feuer.

Berta und Ludwig schwiegen bedrückt, weil Lothar vollkommen Recht hatte. Es machte einfach keinen Spaß Autor zu sein, wenn es überhaupt niemand interessierte.

Sollten auch sie den Neujahrsvorsatz fassen, nicht mehr zu schreiben? Das wusste zu diesem Zeitpunkt niemand, nicht einmal sie selbst.

Terrys Party

Als Terry seine Autorenkollegen Ralf Neubohn, Berta Babelbergle und Ludwig P. Lesi-Les zu Silvester einlud, dachte er leider nicht daran, dass Berta und Ludwig nicht zusammenpassten.

Sie konnten sich gegenseitig noch nie ausstehen, was für eine lange Silvesterparty nicht als ideale Voraussetzung gelten konnte.

Berta babbelte ununterbrochen von ihren langweiligen Büchern, so dass alle aus Frust zu Trinken anfingen. Ludwig besaß sowieso eine leichte Neigung dazu, zu tief ins Glas zu schauen. Als er im Laufe des todlangweiligen Abends begann Berta doppelt zu sehen, beschloss er, ab dem neuen Jahr nie wieder zu trinken. Berta doppelt zu sehen war doch ein zu großer Schock, um darüber hinweg zu kommen. Eine Berta ging ja notfalls gerade noch, aber zwei! Unerträglich!

Belehrung

Bei einer Weihnachtsfeier schmunzelte Terry über Ludwig. Der spielte sich ungeheuer auf und strotzte nur so vor Eigenlob.

Schließlich meinte Ludwig: „Du brauchst gar nicht so zu schmunzeln! Ich bin Euch allen überlegen!"

Terry erwiderte vergnügt: „Es ist sehr schwer, jemand ernst zu nehmen, der Häschenschuhe trägt."

Auf der Lauer

Terry wollte endlich mal den Weihnachtsmann sehen, ihn sozusagen bei der Arbeit überraschen.

Deshalb beschloss er, wach zu bleiben, und setzte sich auf das Sofa gegenüber vom Weihnachtsbaum.

Die Zeit verging, nichts geschah. Stunde um Stunde verstrich ereignislos, Terry schlief ein. Da raschelte es im Kamin, der Weihnachtsmann schlüpfte heraus und murmelte erleichtert: „Ein Glück, ich dachte schon, er schläft gar nicht mehr ein."

Fersengeld

Als Berta und Terry mal nur zu zweit Silvester feierten, leerten sie so manches Glas. So viele, dass sie zum Feuerwerk nur auf allen vieren herauskriechen konnten.

Berta lallte: „Auf Terry, zünde die Raketen an!"

„Mach ich gleich", murmelte Terry. Sein zwanzigstes Streichholz zündete die Lunte an, aber keine Rakete startete. Seltsam, warum passierte nichts? Merkwürdigerweise wurde es ihm am Fuß sehr heiß. Kein Wunder, statt die Lunte der Rakete zündete er seine Schnürsenkel an!

So schnell es ging, kroch Terry an den Rinnstein und hob seine Füße ins Wasser.

„So schnell, dass die Socken rauchen, habe ich mal gehört", meinte Berta. „Aber das hatte ich mir eigentlich ganz anders vorgestellt."

Die WIRKLICH aufregende Party

Terry überlegte, wie er mal ein ganz anderes Silvester feiern könnte. Ein richtig tolles, schönes, unvergleichliches. Am Brandenburger Tor? Nein, da waren zu viele Menschen. In einer Kneipe? Die Lautstärke hielten seine Ohren nicht stand. Eine Literaturparty? Ihn schüttelte es, wenn er an Berta dachte. Was aber dann?

Da fiel es ihm ein, wie Ludwig seine Weihnachten feierte. Genauso würde Terry Silvester feiern: Gemütlich mit seinen Teddys, den Katzen und dazu schöne CD-Musik. Was will man mehr? Es wurde ein wunderbarer, entspannter Abend und ein sehr guter Start ins neue Jahr! So MUSS Silvester sein!

Rätsel

An einem Weihnachtsabend saßen Ludwig, Berta und Terry beisammen und rätselten darüber, warum viele Bücher ihres Autorenkollegen Ralf Neubohn so gut gingen.

Berta meinte: „Viele seiner Bücher sind restlos ausverkauft und nicht mehr lieferbar. Woran liegt das bloß?"

Terry vermutete: „Sicherlich an seinem originellen Humor. Was meinst Du Ludwig?"

Dieser entgegnete: „Ich bin der Meinung, dass es an drei Dingen liegt: An der Themenvielfalt, an seiner Ausdauer und daran, dass es viele seiner Bücher schon für 3,99 Euro gibt. Daher sind diese Bücher ideal als Beilage zu Geschenken. Etwa beiliegend zur üblichen Flasche Wein oder der Schachtel Pralinen."

Wer wohl von ihnen der Wahrheit am nächsten kam?

Die literarische Silvesterparty

Erinnern Sie sich noch? Zum Abschluss des letzten Jahres fand eine große Party mit den zauberhaften Altbohns, Terry, Ludwig, Berta, Carmen und Ralf Neubohn und Ihnen, den geneigten Lesern statt.

Nach dem leckeren Büffet lag noch viel Zeit vor uns allen, bis zum Feuerwerk.

Doch wie die restliche Zeit bis Mitternacht verbringen? Gesellschaftsspiele? Musik? Es gab viele schöne Möglichkeiten.

Da sich viele Autoren unter den Gästen befanden, wurden von diesen folgende Geschichten bis um Mitternacht erzählt:

Wunsch erfüllt

Eines Tages meinte Berta: „Weißt Du Ralf, ich würde gerne mal in einem Deiner Bücher vorkommen."

„Ich weiß nicht, ob das eine gute Idee ist", erwiderte ich. „Denn was dabei rauskommt, weiß ich vorher nicht."

„Ach, komm, so schlimm wird es schon nicht werden", drängte sie. Also schrieb ich munter drauf los und schickte nach Veröffentlichung des Buches ihr ein Belegexemplar. Lange hörte ich nichts von Berta und überlegte: „Ob sie das Buch wohl bekommen hat?" Als ich Berta einmal zufällig auf der Straße entgegenkam, verfärbte sich ihr Gesicht dunkelrot und sie wechselte schnell die Straßenseite. „Aha", dachte ich. „Sie hat das Buch gelesen."

Zuffenhausen

Als kleines Kind lebte ich in Zuffenhausen. Der Wald lag in der Nähe und ein paar Wiesen, auf denen man im Winter Ski und Schlitten fahren konnte. Im Sommer lockte das in der Nähe gelegene Freibad. Aber die Hauptattraktion hieß: Obstbäume! Es gab Birnen, Walnüsse, Quitten, Kirschen und Haselnusssträucher.

Wenn die Früchte von den Bäumen fielen, lockte es vor allem beim Birnbaum und bei den Quitten große Mengen von Bienen und Wespen an. Beim Auflesen des Obstes musste ich von daher „Zoll" an diese in Form von zahlreichen Stichen zahlen. Seit dieser Zeit kann mir niemand mehr mit dem Spruch kommen: „Wenn man denen nichts tut, tun sie einem auch nichts."

Der Ast eines Kirschbaums hing ganz dicht vor meinem Kinderzimmerfenster und ich konnte vom Fenster aus bequem ein paar Kirschen abpflücken.

Insgesamt wohnten dort sehr viele nette Menschen, es war eine sehr schöne Zeit. Eines Tages ging ich mit dem sehr schweren Schulranzen zur Schule. Der Wind pfiff mir um die Ohren, ich flatterte mit ausgestreckten Händen und versuchte zu fliegen. Und tatsächlich ging endlich mein langersehnter Traum in Erfüllung! Mehrfach hob ich trotz des schweren Ranzens ab und flog ein Stück. Wunderbar. Natürlich wollte ich es sofort allen Schulkameraden stolz erzählen. Ich konnte fliegen, das hatte ich ja schon immer gewusst. Aber ach, kein einziges Kind vor der Schule, die Schule selbst abgeschlossen. Wie kam denn das? Wie ich später erfuhr, tobte an diesem Tag ein schwerer Sturm und alle Menschen außer mir blieben lieber daheim. Kein Wunder konnte ich an diesem Tag fliegen!

Hinter unserem Wohnhaus lag ein langgezogener, kleiner Hügel. Mir stand es sofort klar vor Augen: Darunter lag tief in der Erde ein Dinosaurierskelett. Sofort fühlte ich mich als großer Forscher und begann mit dem hochwissenschaftlichen Ausgrabungen, und was keiner vorher glaubte: Ich wurde sogar fündig! Einen rostigen Schraubenschlüssel grub ich aus. Stolz versteckte ich diesen und erzählte nur wenigen ausgewählten Menschen von meinem sensationellen Fund. Und am nächsten Tag lag der Schraubenschlüssel nicht mehr in seinem Versteck.

Ähnlich ging es mir einem lockeren Stein in der Schulmauer. Ich entdeckte dort eine Art Kellerasseln-Friedhof. Stolz erzählte es der großer Entdecker erlesenen Exemplaren der Menschheit. Und am nächsten Tag war wieder alles verschwunden.

Noch so ein paar solcher Sachen ereigneten sich, bis es mir klar wurde: Erzähle am besten immer so wenig wie möglich, denn selbst so minimale „Erfolge" werden einem immer von irgendwelchen Leuten nicht gegönnt.

Einmal sah ich aus meinem Fenster in die Schneelandschaft und erblickte den Nikolaus an unserem Haus vorbeilaufen. Es gab ihn also tatsächlich! Wäre er zu uns in die Wohnung gekommen, hätte ich sofort einen verkleideten Studenten vermutet. Aber dass er einfach zu anderen Leuten ging, war für mich der Beweis, dass es ihn tatsächlich gab! Denn schließlich versuchte er nicht mich zu täuschen, sondern ignorierte mich einfach!

Beim Freibad kam immer am 6. Dezember der Nikolaus zu den Kindern und feierte mit diesen in einem Zimmer. Selbst als ich schon größer war, machte es mir viel Spaß. Ja, Zuffenhausen war eine meiner glücklichsten Zeiten.

Vielleicht werde ich eines Tages diese Erinnerungen noch ausführlicher fortsetzen, wenn überhaupt jemand Interesse daran hat. Mal sehen...

Kleine Wissensecke

Für meine geneigten Zuhörer nun ein paar Worte über die Wunder der Natur. Oft fragen sich die Menschen, warum es Ketchup sowohl in Glas- als auch in Plastikflaschen gibt. Das ist ganz einfach. Bekanntlich wachsen Ketchupflaschen auf hohen Bäumen, um vor gierigen, kleinen Kindern sicher zu sein.

Da Glasflaschen beim Fallen vom hohen Baum kaputt gehen würden, entwickelten sie sich zuerst zu Plastikflaschen. Diese fallen bei Reife vom Baum und gehen durch das weiche Material der Flasche nicht entzwei. Der Obstgärtner sammelt diese dann bequem auf und lagert diese dann in einem kühlen Ketchupkeller eins bis zwei Wochen. Dort reifen die Flaschen dann weiter von der Plastikflasche zur Glasflasche. Sie sehen: Die Natur ist so einfach und dennoch so einfallsreich.

Sushi

Unsere liebe Katze heißt Lulu und ernährt sich am liebsten von frischem Fisch. Damit stand sie früher ziemlich allein da. Seit aber Sushi in Mode gekommen ist, gibt es gemeinsame Ausflüge in Sushi-Lokale.

Um den Fisch nicht teilen zu müssen, haart die Königin des Sushi gerne auf das Essen anderer Gäste oder leckt es ab.

Lokalverbot braucht die Gourmetkatze dennoch nicht zu befürchten, da sie für einen bekannten Restaurantführer die Küchen der Sushi-Lokale testet. Eigentlich sind vier Katzenpfötchen die höchste Auszeichnung, die ein Lokal bekommen kann. Besonders ausgewählte Lokale haben es allerdings auf bis zu vier Katzenpfötchen und einer Katzenschleckerzunge geschafft.

Da Katzen bekanntlich Feinschmecker sind, haben diese höchste Auszeichnung nur wenige Lokale erhalten. Schnurr!

Blitzkarriere

Eine Expedition fing in Tibet den Yeti. Er stieg im Zoo von Bärlin zur Hauptattraktion auf. Menschenmassen kamen, sahen sein mildes, weises Lächeln, welchem etwas vom Dalai Lama anhaftete. Sein weißes Fell unterstrich noch den Eindruck der Altersweisheit.

Wenn die Zoobesucher ihn etwas fragten, antwortete er: „Brumm!" Die Menschen fühlten sich verstanden und zogen getröstet ihres Weges. Denn jeder interpretierte das „Brumm" wie es ihm selber passte.

Doch eines Tages brach der Yeti aus. Die Regierung gab daran linken und rechten Parteien die Schuld, gründete eine Kommission, die ein Verbot dieser Parteien prüfen sollte. Die linken Parteien hingegen geißelten die Gefangennahme und Zurschaustellung des Yeti als typisch kapitalistische-imperialistische, menschenunwürdige Tat.

Rechte Parteien forderten schärfere Sicherheits- und Überwachungs-maßnahmen im Staat, die Aufrüstung der Polizei, um künftig gegen Ausbrecher besser gerüstet zu sein.

Während im Parlament in Bärlin die Redeschlachten tobten, trottete der Yeti unbeachtet durch die Straßen, kam zu einem gewieften Anwalt und sagte: „Brumm!" Der Anwalt nahm sich des Yetis an und verklagte den Staat wegen Freiheitsberaubung zu einem hohen Schmerzensgeld. Mit diesem Geld gründete der Anwalt die Yeti-partei, welche bei den nächsten Wahlen ins Parlament kam. Dies geschah aus vielen Gründen. Zum einen ging der ewige Parteienzwist den Bürgern auf die Nerven, zum anderen sprach der Yeti die Herzen der Menschen an.

Durch sein hohes Alter wurde der Yeti Alterspräsident im Parlament, was beruhigend auf die Debatten wirkte. Als ein Forscherteam in Amerika ein anderes Fabelwesen fing und in den Zoo von Bärlin bringen wollte, stimmten alle Parteien einstimmig dagegen. Wie schnell doch Einigkeit zwischen allen zerstrittenen Parteien entstehen kann.

Und wenn der Yeti nicht gestorben ist, so sagt er „Brumm" noch heute.

Aus dem Au-Toren Leben

Bei einer Lesung kam ein Autor zur Textstelle: „Komm herein", worauf plötzlich die Tür aufging und mehrere verspätete Lesungsbesucher hereinkamen. Diese fragten sich offensichtlich, woher der Autor wusste, dass sie vor der Tür standen.

Denselben Vortragenden sprach nach der Lesung ein Mädchen an: „Der Neubohn ist Euer Manager? Ich dachte, er sei blind, taub, senil und fährt im Rollstuhl?"

Erstaunt fragte der Künstler: Wie kommst Du denn darauf?"

Das Mädchen antwortete: „Das hat er doch selbst über sich geschrieben!"

Worauf sie eine wichtige Lektion über das Schriftstellertum erhielt: „Schon mal was von dichterischer Freiheit gehört?"

Diese beiden wahren Begebenheiten fielen mir neulich beim Duschen wieder ein. Sofort eilte ich ins Wohnzimmer, um sie niederzuschreiben. Dabei sah mich die Schwester meiner Frau ganz verblüfft an. Ich wunderte mich über deren verblüffte Blicke sehr, bis es mir wie Shampoo von den Haaren fiel: Ich hatte meine wenigen Haare noch nicht zu Ende ausgespült.

Vorherbestimmung

Ein Beweis für die Vorherbestimmtheit des Lebens ist für viele Menschen die Berufswahl. Oft passt sie wirklich wie der Deckel aufs Töpfle. Eine schwer zu widerlegende Beweisführung und doch...

„Ich habe alles in der Hand", wie einst ein Tellerwäscher im wörtlichen und übertragenen Sinn sagte, bevor ihm alles entglitt.

Die perfekte Lesung

Wir Autoren der Gruppe Flammenfeder hatten schon viele sehr gut besuchte Lesungen. Doch wir beschlossen, diese noch zu toppen. Wir wollten die perfekte Lesung. Nicht das perfekte Verbrechen, sondern die perfekte Lesung.

Wir wollten in einem Kulturhaus unser ehrgeiziges Ziel erreichen. Wochenlang feilten wir an der Lesung. Stellten gute Texte zusammen, probten mehrmals die Lesung durch, organisierten den Ablauf, überließen nichts dem Zufall. Nach vieler mühevoller Arbeit stand das Programm. Ein Rädchen griff ins andere, es passte alles perfekt. Eine große Leistung, denn so was zu organisieren ist nicht so leicht, wie allgemein gedacht wird.

Am großen Tag ging ich pünktlich eine Stunde vor der Lesung los, um mit den Mitlesenden letzte Hand anzulegen. Den Büchertisch vorzubereiten, Getränke und Speisen für die Zuhörer bereitstellen, mit dem Prominenten über seine Eröffnungsrede sprechen und die von einem Musikstar bereitgestellten Verlosungsgegenstände auf einem extra Tisch ausstellen.

Es würde sicher sehr stimmungsvoll werden, 30 bis 50 Zuhörer kommen und für alle ein wunderbarer Abend werden.

Meine Gedanken kreisten während des Laufens immer mehr um die Lesung, gingen dann allmählich in allgemeine Gedanken über. Tief sinnend lief ich geistesabwesend umher und merkte nicht, wie die Zeit verging. Wenn ältere Menschen wie ich unterwegs sind, brauchen sie allmähliche eine helfende Hand. Senilität ist ja in meinem Alter normal. Als ich gerade gedankenverloren am Bürgerzentrum vorbeilief, überlegte ich: „Was wollte ich eigentlich heute hier draußen machen? Mitten im tiefsten Winter?" Überlegend saß ich am kalten Weihnachtstag auf einer Bank und kam erst nach drei Stunden darauf: „Oh, Mist! Ich wollte doch zur Lesung!" Ein besorgter Blick auf meine Uhr sagte mir – es war zu spät. Viel zu spät! Da hatten wir als tolles Team eine wunderschöne Lesung geplant und durch meine Vergesslichkeit wurde sie verdorben. Wie es den anderen wohl ergangen war?

Zu diesem Zeitpunkt feierten sie die beste Lesung, die wir je gemacht hatten. Kein Wunder, ich las ja nicht mit. Aber das fiel keinem auf. Wie kam das nur? Ganz einfach. Die Lesenden und das Publikum warteten schon eine Weile auf mich, als ich eingemummt im langen roten Bademantel und mit dicker Schlafmütze eintrat. Einen Sack voller Geschenke trug ich für die Lesungsbesucher bei mir und wurde von einem Knecht begleitet. „Na, da können wir ja beginnen Herr Neubohn!", rief ein Mitlesender. Äußerst verwirrt wurde ich an den Lesungstisch gelotst, mir die Bücher in die Hand gedrückt die ich lesen sollte. Ich legte los. So gut wie noch nie. Mein Knecht musste mit seiner Rute an der Tür viel weniger Zuhörer als sonst am Fliehen hindern, den meisten gefiel es nämlich ausnahmsweise richtig gut. Auch die anderen Autoren trugen sehr gut vor. Das Publikum geriet so in Begeisterung, dass es lange stehenden Applaus für alle Lesenden gab und wir noch Stunden nach der Lesung mit dem Publikum feierten. Zum Glück gab es reichlich Getränke und Speisen. Ein unvergesslicher Abend für alle.

Nur der eine oder andere wunderte sich, dass ich noch verfrorener als sonst wirkte. Ich legte den dicken roten Bademantel und die Nachtmütze selbst bei den heißesten Feiermomenten nicht ab. Dachten sie. Nur dass ich es gar nicht war. Der Herr, der für mich zum Lesen genötigt wurde, hieß Weihnachtsmann. Auf seiner alljährlichen Tour am 24.12. verwechselten ihn die Leute wegen seiner optischen Ähnlichkeit mit mir. Dies sollte Folgen haben. Denn da der Weihnachtsmann für mich an der Lesung teilnahm, fiel die Bescherung für ganz Waiblingen aus. Der Einzige, der dennoch eine Bescherung bekam, hieß Ralf Neubohn. Als ich verwirrt auf der Parkbank beim Bürgerzentrum saß, warfen mir Vorübergehende aus Mitleid Geldstücke zu. In dieser kurzen Zeitspanne, die ich dort saß, verdiente ich mehr Geld, als in einem Jahr als Autor. Lange habe ich überlegt, ob ich die Wahrheit sagen soll oder nicht. Aber die Wahrheit muss einfach gesagt werden. Leute: Nicht Neubohn las im roten Morgenmantel und der Nachtmütze, sondern der Weihnachtsmann in voller Montur. Merke: Nicht jeder der alt und gebrechlich ist, heißt Ralf Neubohn.

Carmen Neubohn

Eine entspannte Mahlzeit

Geht es Ihnen genauso? Sie kommen erschöpft von der Arbeit nach Hause, freuen sich auf ein gemeinsames Mittagessen mit den Lieben und sehnen sich nach einem geruhsamen Nachmittag. Und dann…?

Ausnahmsweise kommt der Sohn Christian wieder mal zu spät von der Schule nach Hause, der Vater (Ralf) kocht das Mittagessen (schließlich ist er ja emanzipiert), die Mutter (Carmen) erholt sich langsam aber sicher von der Arbeit und hört entspannende Musik. Da der Chefkoch seine ausgehungerten Schleckermäuler kennt, hat er vorsichtshalber die Küchentür abgeschlossen. Der Rest der Familie Schleckbohn streunt abwechslungsweise durch den Flur und versucht zu erraten, was es zu futtern gibt. Schließlich sind sie so gespannt wie an Weihnachten auf den Gabentisch. Endlich! Der Chefkoch schließt die Küchentür auf und ruft Christian in die Küche. Christian wird zum Oberkellner befördert, da er das Mittagessen in das Wohnzimmer bringen darf. Es gibt Bratkartoffeln mit Würstchen und Ketchup. Oder Ketchupsuppe mit Bratkartoffeln und Würstchen? Und als Nachtisch Salat. Ja, da kommt Freude auf.

„Jetzt wird geschlemmt", gibt der Chefkoch das Signal zum Angriff.

„Am Mittwoch ist Wintersporttag" beginnt Christian seinen Bericht aus der Schule.

„So, und was macht Ihr da?", will Ralf, der Chefkoch wissen.

„Die meisten gehen zum Schlittschuhlaufen", gibt Christian bekannt.

„Fahrt Ihr mit dem Bus nach Ludwigsburg?", mischt sich die Mutter kompetent ins Gespräch ein.

„Nein, wir laufen nach Ludwigsburg", gibt der Filius scherzhaft zur Antwort. Schnell schiebt er die Reste seines Mittagessens in den Mund.

Carmen sieht ihn mit hochgezogenen Augenbrauen an: „Mach bitte keine Witze."

„Natürlich fahren wir mit dem Bus", gibt Christian mit einem schielenden Blick auf seiner Mutter Teller, zurück.

„He, schiel nicht so auf meinen Teller. Ich bin längst noch nicht satt", schimpft Carmen.

„Wenn Du nicht mehr kannst, helfe ich dir gerne", grinst Christian.

„Ich helfe Dir auch gern", kommt es von Ralf.

„Ich schlage vor, wer als erster fertig ist, der darf abspülen." Dieser Vorschlag kommt natürlich von der Frau des Hauses.

Ralf und Christian nehmen es mit einem Maulen hin.

„Apropos Bus", fängt die Mutter wieder an, „Ihr fahrt doch nicht mit dem Linienbus?"

„Aber sicher", gibt Christian mit einem Grinsen zurück, „fahren 400 – 500 Schüler einschließlich Lehrer in ein bis zwei Linienbussen nach Ludwigsburg. Vielleicht gibt es ja noch einen Zusatzbus."

Plötzlich fängt die Mutter zu lachen an. „400 – 500 Schüler einschließlich Lehrer in zwei bis drei Linienbussen. Das ist zu köstlich", prustet sie los. „Da müssen die Busunternehmen ja Notsitze auf den Dächern montieren."

Christian sieht seine Mutter total entgeistert an. „Das meinst Du doch nicht im Ernst? Nein, wir fahren nicht mit den Linienbussen, sondern uns werden Busse zur Verfügung gestellt."

„Hoffentlich mehr als zwei, sonst bekommt Ihr ja Platzangst und fühlt Euch unwohl", lacht seine Mutter dazwischen.

„Was meinst Du, wenn wir mit den Linienbussen fahren würden, da könnten ja bis Ludwigsburg keine Leute einsteigen. Stell Dir vor, so eine alte Frau will zum Einkaufen oder nach Hause, die muss mindestens 30 Minuten warten bis der nächste Bus kommt. Oder die Briefträger, die nach Hegnach müssen, die würden sich freuen. Was meinst Du?", grinst Christian.

Die Mutter lacht und lacht und lacht, weil sie diese Gedanken einfach zu köstlich findet.

„Carmen kannst Du eigentlich noch Essen?", fragt Ralf hoffnungsfroh.

„Das schaffe ich schon noch", japst Carmen und schlingt den Rest voll runter.

„Gibt es Nachtisch oder muss ich verhungern?", mault Christian. „Die Ketchupsuppe mit Bratkartoffeln und Würstchen war doch zu wenig."

„Es gibt noch Nachtisch", gibt Ralf die gute Nachricht bekannt.

„Und was ist das?", drängelt Christian.

„Salat", jauchzt Ralf. „Mit Schafskäse, Zwiebeln und Knoblauch! Genau wie Du es magst!"

Christian zieht eine Schnute und sieht seinen armen Vater strafend an. „Nein, da bin ich lieber nicht satt", seufzt Christian.

Kennen Sie das auch? Wenn es um Salat geht, sind Kinder schnell satt. Da kenne ich einen Spruch, der lautet: „Kommt der Salat auf den Tisch, mag der Nachwuchs wieder nix", deklamierte Carmen. „Du hast übrigens den ersten Preis gewonnen, Christian."

„Wieso?", wundert sich dieser.

„Da Du ja schon satt bist und als erster fertig, darfst Du abwaschen", kam die Antwort von Ralf. „Deine Mutter hat ja vorhin den guten Vorschlag gemacht, dass der, der als erster fertig ist, abspülen darf. Und wir hatten ihr ja nicht widersprochen."

Die liebe Katze (Lulu)

Uns're Katze heißt Lulu
und ist genauso süß wie Du.

Sie ist ein großer Schmusetiger,
drum lässt sie sich gern bei mir nieder.

Ihr Lieblingsplatz ist mein Schoss
und dort macht sie ihre Augen groß.

Sie sieht alles ganz genau
wenn ihr was nicht passt, macht sie laut MAU!

Krallt sie sich an meinen Hosen fest,
dann bin ich ihr großes Wohlfühlnest.

Tapperle

oder die aufregenden Abenteuer eines lieben Teddybären

Kaum war ich angefertigt worden, da wurde ich ganz schnell in eine Schachtel und mit den anderen Teddys in eine Kiste verpackt. Jeder war für sich ganz alleine und man konnte sich nicht einmal miteinander unterhalten. Brumm, brumm. Auf einmal wurden wir ganz unsanft mit einem hohen Wurf in eine Ecke geschmissen. Ich bekam große Angst. Was war das? Ich hörte noch, wie weitere Kisten auf uns geworfen wurden. Nach einer ganz großen Weile hörte es auf.

Plötzlich durchfuhr mich ein Rütteln und Schütteln. Und das hielt ziemlich lange an. Ich merkte, dass uns jemand abtransportierte. Wohin wusste ich nicht. Irgendwann hielt der Transporter an und jemand lud die Kisten ab.

Bald darauf hob mich jemand aus der Kiste. Mein neuer Besitzer schaute mich ganz genau an und sagte: „Das ist der schönste Bär von allen, er soll seinen Platz im Schaufenster haben."

Dort setzte er mich ganz vorsichtig weit nach vorne. So konnte ich die Leute draußen vorbeilaufen sehen. Ziemlich selten blieb jemand vor dem Schaufenster stehen und blickte hinein. Für mich hatte kaum jemand einen Blick übrig. Außer mir waren noch viele andere Kuscheltiere im Schaufenster, die von den Leuten ganz genau angeschaut wurden. Vielleicht war ich nicht flauschig genug oder sie hatten alle schon einen Bären? Da, jetzt blieb wieder ein Mann stehen. Der schaute mich kurz zärtlich an und ging in den Laden. Der Verkäufer wollte einen anderen Teddy aus dem Lager holen, aber der Mann verlangte nach mir! Der Verkäufer holte mich aus dem Fenster und ich durfte in eine große Tüte. Der Mann bezahlte

mich und wir gingen hinaus. Ich winkte den anderen Kuschel-
tierchen noch ein letztes Mal zu. Mein neuer Besitzer nahm die
Tüte auf den Arm und guckte mich ganz liebevoll an. „Weißt Du
was, lieber Teddybär?", fragte Ralf. So hieß nämlich mein neuer
Besitzer.

„Du bist so flauschig und kuschelig, dass meine Frau Dich ganz
bestimmt so lieb haben wird wie ich."

„Ist dein Fraule denn auch so lieb wie Du?", erkundigte ich mich.

„Oh, ja. Sie ist ein ganz liebes Fraule. Weißt Du, lieber Teddy, in
ein paar Tagen hat sie Geburtstag. Willst Du ihr Geschenk werden?"

„Nur, wenn sie lieb ist", antwortete ich. Ralf summte unterwegs
fröhlich vor sich hin und ich summte mit, sobald ich die Melodie
mitbekam. „Wohin gehen wir jetzt?", fragte ich, als es plötzlich
laut wurde.

„Wir sind am Hauptbahnhof. Wir müssen mit der S-Bahn nach
Waiblingen fahren, wo wir wohnen."

„Dauert das noch lange?", wollte ich wissen, weil ich etwas Angst
bekam.

„Aber nein, in ca. 20 Minuten sind wir Zuhause", beruhigte mich
Ralf. Endlich kam eine S-Bahn und eine unsichtbare Stimme rief:
„Achtung an Gleis 2, Zug nach Backnang fährt ein."

Wir stiegen ein und ich fragte: „Warum steigen wir in dieser S-
Bahn? Die fährt doch nach Backnang."

„Wir sind schon richtig", beruhigte mich Ralf. „Backnang ist die Endstation, dazwischen liegen aber verschiedene Haltestellen. Darunter auch Waiblingen." Wir ergatterten einen Fensterplatz und ich durfte hinausschauen. Wie schnell flitzten Häuser, Bäume und Sträucher an uns vorbei. Endlich kam Waiblingen. Ich war schon ganz aufgeregt. Ob mein neues Fraule wirklich so arg lieb und nett war? Etwas später kamen wir daheim an. Mein neues Zuhause. Ralf holte mich aus der Tüte und ich durfte die Wohnung anschauen. Da war das gemütliche Wohnzimmer mit dem schönen Sofa, die große Küche, das nette Kinderzimmer und das große Schlafzimmer. Das war wirklich ein gemütliches Zuhause. Als ich mir alle ganz genau angeguckt hatte, nahm mich Ralf in den Arm und sagte: „So, jetzt muss ich Dich verstecken, weil Du doch eine Überraschung für mein Fraule sein sollst."

Er setzte mich in seinen Kleiderschrank ganz bequem auf einen Wäschehaufen. Ich fragte noch, wie lange ich im Schrank bleiben müsste. „Nur zwei Tage", sagte Ralf.

Bevor der Geburtstag von Carmen kam (den Namen vom Fraule hatte er mir schon verraten), schaute Ralf nach mir, ob ich noch bequem saß und gab mir ein paar Kopfzauser, damit ich nicht so viel Angst bekam. Endlich waren die zwei Tage vorbei. Ralf holte mich sacht aus meinem Versteck und setzte mich liebevoll auf das Sofa. Ich schaute direkt zur Tür. „Wann kommt denn das Fraule heim? Ich warte schon so lange, ist etwas passiert?", erkundigte ich mich besorgt.

„Aber nein, das liebe Fraule muss arbeiten", antwortete Herrchen.

„Warum arbeiten?", fragte ich weiter.

„Weil sie Geld verdienen muss", bekam ich zur Antwort.

„Armes Frauchen, dann muss ich sie nachher ganz arg trösten und kuscheln", nahm ich mir vor. Endlich, endlich, da kam sie zur Tür herein und schaute mich ganz verdutzt an. Sogleich erschien ein liebes Lächeln auf ihrem Gesicht und sie kam zu mir auf das Sofa, nahm mich auf ihrem Arm und wir kuschelten eine ganze Weile miteinander. Herrchen machte in der Küche Kakao und Butterbrezeln. Auch Kekse hat es gegeben, denn das mögen Teddybären sehr gern! Aber ich habe mein liebes Herrchen vorher auch gefragt, ob es Kekse gibt, nicht, dass er es vergisst. Plötzlich ging wieder die Tür auf und ein spitzbübisches Gesicht kam zum Vorschein.

„Wer ist das?", wollte ich wissen.

„Das ist unser Sohn Christian", antwortete Carmen.

„Muss er auch Geld verdienen?", erkundigte ich mich weiter.

„Nein, er muss noch zur Schule."

Um meine Neugier zu stillen, fragte ich weiter: „Ist das auch so schlimm wie Geld verdienen?"

„Oh, ja", antworteten Herrchen und Frauchen gleichzeitig.

„Dann muss ich ihn auch trösten", stellte ich fest. Ich tappte zu Christian, tröstete und kuschelte mit ihm. „Armer, armer Christian", bedauerte ich ihn. Zusammen gingen wir zu Ralf und Carmen an den Tisch und dann wurde endlich geschlemmt. Die Butterbrezeln waren knusprig, der Kakao warm und die Kekse schokoladig, wie es sich gehört. Mein Herrchen kannte mich schon ganz erstaunlich gut.

„Sind alle Geburtstage so schön?", erkundigte ich mich.

„Bei uns sind sie immer so schön und gemütlich", bekam ich zur Antwort.

„Bären mögen gemütliche Geburtstage sehr. Hoffentlich kommt bald wieder einer."

„Den nächsten hat Herrchen", gab Fraule zur Auskunft.

„Dann schenken wir ihm Schokoladenkekse", schlug ich vor.

Alle lachten wir darüber und ließen den Tag gemütlich ausklingen.

Das große Seifenmysterium

Eines Tages musste ich wieder mal den Seifenspender auffüllen. „Wie schnell die Seife zu Ende geht", dachte ich. „Früher hat es für zwei Wochen gereicht und jetzt reicht es gerade so mal eine Woche. Wäscht sich Ralf so oft die Hände?", fragte ich mich.

Als ich ihn darauf ansprach, fragte er: „Wie kommst Du auf sowas?"

„Naja", erwiderte ich. „Die Seife geht so schnell alle."

„Weißt Du", sprach mein Schatz, „ich glaube eher, dass unsere Haustiere Lulu und Tapperle ein bisschen damit spielen."

„Unsere Katze Lulu und unser Bär Tapperle?", fragte ich entgeistert.

„Ja, ich habe sie mal beobachtet, als sie sich offenbar ungestört fühlten, Lulu hat mit Quietschentchen, Tapperle mit Papierschiffchen im Waschbecken gespielt. Und dabei haben sie auch Seife benutzt. Nur im klaren Wasser spielen ist nicht so schön, habe ich sie sagen hören. Also haben sie viel Seife benutzt."

Ich schaute meinen angetrauten Ehemann perplex an. „Auf sowas wäre ich nie gekommen. Ich glaube, ich sollte mal mit ihnen sprechen."

Am Abend saßen wir wieder gemütlich zusammen. Lulu und Tapperle knusperten Kekse, wobei sie uns davon kaum was abgaben. Als Lulu sich wieder die Kekstüte schnappen wollte, griff ich rasch danach und und erbeutete sie. „Lulu, könnte es eventuell sein, dass Du und Tapperle im Waschbecken mit Quietschentchen und Papierschiffchen spielt?", fragte ich mit gespielten Ernst.

„Wie kommst Du darauf?", miaute Lulu.

„Erstens wird die Seife so schnell alle und zweitens hat Herrchen Euch beobachtet", beantwortete ich ihre Frage.

„Wozu hast Du mir sonst Quietschentchen geschenkt?", miaute Lulu. „Außerdem macht es ohne Seife keinen großen Spaß, weil sie durch den dichten Schaum schwerer zu finden und somit schwerer zu jagen sind. Ich kann doch nichts dafür, dass wir Katzen so gerne Enten und Vögel jagen."

„Und Tapperle? Wie kann er Papierschiffchen basteln mit seinen Tatzen?", fragte ich.

„Ich wollte auch mit Lulu im Waschbecken spielen, aber sie wollte nicht, dass ich mit ihren Quietschentchen spiele. Also habe ich Herrchen ganz arg mit meinem treuesten Bärenblick angeschaut und so lange gebettelt bis er mir Papierschiffchen gebastelt hat. Es sind die Schiffe der Polarforscher, die durch die weiße Arktis fahren", brummte Tapperle keck.

„Ralf, Du hast Tapperle Papierschiffchen gebastelt?"

„Ja, aber ich habe wirklich nicht gewusst, was er damit wollte", entschuldigte er sich.

„Dann musst Du aber gewusst haben, was Tapperle damit vor hat!", entrüstete ich mich.

„Hat er auch", verteidigten Lulu und Tapperle Ralf gemeinsam. „Aber dass wir Seife zum Spielen benützen, das hat er nicht gewusst."

„Aber Lulu und Tapperle warum spielt Ihr denn heimlich im Waschbecken", seufzte ich.

„Weil es dann mehr Spaß macht, dachten wir. Außerdem haben wir auch immer alle Spuren beseitigt", erwiderte Lulu.

„Ach, Ihr habt ganz alleine alles aufgewischt?", fragte ich.

„Naja, fast alleine. Bärle und Schmuserle haben auch geholfen", meinte Tapperle.

„Aber nur gegen Bestechung", meldete sich Bärle zu Wort. „Und zugucken haben wir auch gedurft, aber nur wenn wir Euch nichts sagen."

Man kann sagen, was man will, unsere Tiere halten gut zusammen.

„Tja, wenn Herrchen Euch nicht gesehen hätte, dann wäre das Rätsel mit der Seife wohl nie gelöst worden."

Wenn wir unsere lieben und wilden Haustiere nicht hätten, dann wäre das Leben langweilig.

Ralf Neubohn

Berta, Ludwig & Co

Für Leser die wissen wollen, was Berta und Ludwig sonst noch erlebt haben, sei auf „Weihnachten mit dem literarischen Kleeblatt", „Auf der Suche nach dem verlorenen Osterei" und „Gartenschau Magie" hingewiesen.

Ihr 1. Abenteuer erschien in: „Die Gartenschau im Rampenlicht." Es war sehr aufregend!

Ralf Neubohns Abenteuer als Autor sind u.a. in: „Im Tal der Autoren", „Alle Autoren an Bord", „Die zauberhaften Altbohns", „Erinnerungen eines vergesslichen Analphabeten", usw.

Da viele Leser immer wieder nach einer Übersicht meiner lieferbaren Werke fragen, hier nun ein Teil der über den Buchhandel erhältlichen Titel. Alle kann ich hier nicht auflisten, weil es einfach zu viel ist, was es an Büchern von mir als Autor und Herausgeber gibt.

Gedichte

„Hier und Jetzt"

„Lyrik – muß das sein?"

„Frisch gewagt"

Gedichte und Kurzgeschichten

„Die zauberhaften Altbohns"

Bücher mit schwarzen Humor Gedichten

„Abra Makabra Schlimmsalabim"

„Die Gartenschau-Morde"

„Tod auf dem Kaktus"

„Neues vom 1. April"

Kurzkrimis

„Abschied ist nicht nur ein bisschen wie Sterben"

„Mörderisch gut"

„Kriminelle Energie"

„Neubohns Krimihäppchen"

Gartenschau Trilogie

„Flammenfeder live von der Gartenschau"

„Gartenschau Phantasie"

„Herzlich Willkommen Gartenschau"

„Galaabend für die Gartenschau"

„Abschiedsvorstellung für die Gartenschau"

„Die Gartenschau-Morde"

„Tod auf dem Kaktus"

„Neues vom 1. April"

„Gartenschau Magie"

„Die Gartenschau im Rampenlicht"

Heiteres aus dem Autorenleben

„Im Tal der Autoren"

„Alle Autoren an Bord"

„Terry ein Schotte in Schwaben"

„Erinnerungen eines vergesslichen Analphabeten"

„Die zauberhaften Altbohns"

Sonstige Bücher

„Sam Space"

„Weihnachten mit dem literarischen Kleeblatt"

„Auf der Suche nach dem verlorenen Osterei"

„Weihnachten und Silvester mit Flammenfeder"

Weitere Bücher von mir liste ich einem der nächsten Bücher von mir auf, sonst wird es heute ein bisschen zu viel.

Ich möchte noch darauf hinweisen, dass Bücher bei einigen Verlagen nicht unbegrenzte Zeit lieferbar sind. Wenn Bücher bereits lange auf dem Markt sind bzw. wenn es von diesen schon mehrere Auflagen gab, werden dann oft keine Auflagen davon mehr gedruckt.

Diese Bücher sind dann also irgendwann nicht mehr lieferbar. Daher kann ich nur dringend empfehlen, Bücher die Sie interessieren, rechtzeitig über Ihre Buchhandlung zu bestellen.

Bereits schon jetzt gibt es sehr viele Bücher von mir nicht mehr, die ich deshalb hier erst gar nicht aufgelistet habe.

Auch viele Bücher in denen wunderbare Texte von Carmen Neubohn sind, gibt es nicht mehr. Derzeit noch lieferbar:

„Die zauberhaften Altbohns"

„Frisch gewagt"

„Gartenschau Magie"

„Weihnachten mit dem literarischen Kleeblatt"

„Herzlich willkommen Gartenschau"

„Weihnachten und Silvester mit Flammenfeder!

Nachwort

Liebe Leser,

Sie sind nun an das Ende unseres kleinen Büchleins gekommen. Wir hoffen, Sie gut und abwechslungsreich unterhalten zu haben.

Falls Sie beim Lesen auf den Geschmack gekommen sind und den einen oder anderen Autoren für sich entdeckt haben, so gibt es von diesen wie eben geschildert viele weitere schöne Bücher zum Genießen.

Mit freundlichen Grüßen und frohe Feiertage,

Ihr Ralf Neubohn